你好！奇妙的科学

大自然探险家

[波] 贝阿塔·奥斯特洛维茨卡(Beata Ostrowicka) 著
[波] 卡塔日娜·科沃捷伊(Katarzyna Kołodziej) 绘
高良 译

北京联合出版公司
Beijing United Publishing Co.,Ltd.

亲爱的读者：

这是我为你们写的一本科学启蒙读物，希望你们好好利用这次阅读的机会，感受大自然无穷的魅力，并能够对科学产生浓厚的兴趣。这一次我们将一起去探索大自然，伦卡、安特克以及他们的同学们的故事正在那里上演。在书中，你们会读到关于健康零食、鼹鼠地图、给妈妈的环保礼物、昆虫饮水器、黏土碗等小故事，想知道这些与大自然有着怎样的联系吗？那就来这本书中寻找答案吧！

大自然在数百万年以前就已经存在了，它就是我们周围的世界。然而，由于一年四季的更迭，大自然每天都在发生变化。我们有必要了解自己身处于一个怎样的环境中，了解大自然运行的规律，以及它对我们的生活产生了怎样的影响。读了这本书之后，也许你会迫不及待地前往大自然散散步，或者是来一场大自然探险！从不同的角度看天空中飞翔的鸟儿、从水龙头中落下的水滴，也许你们能发现它们的独特之处。书中有很多幽默的、天马行空的想法，一定会让你们感到不可思议。我们希望你们能在阅读和了解大自然的过程中体验到前所未有的快乐！

主编 卡塔金娜·皮特卡

目录

尤里克的爷爷	4
郊游	10
鼹鼠丘地图	18
暴风雨即将来临	26
巴莎一点都没有变	34
属于玛雅和小姚的一天	42
昆虫饮水器	52
科奇斯的日历	58
种豆子	62
这些栗子是做什么用的	72
可怜的多德克	80
彩绘碗	86
我可以不喝水	92
华兹瓦夫的睡衣	100
粉红色的棉花糖很好吃	106
从蚯蚓到游艇	112
空气无处不在	118
动物收容所	124
彩色垃圾桶	132
哪只狗狗可以摸	136
天可能变黑	144
布袋和房子	152

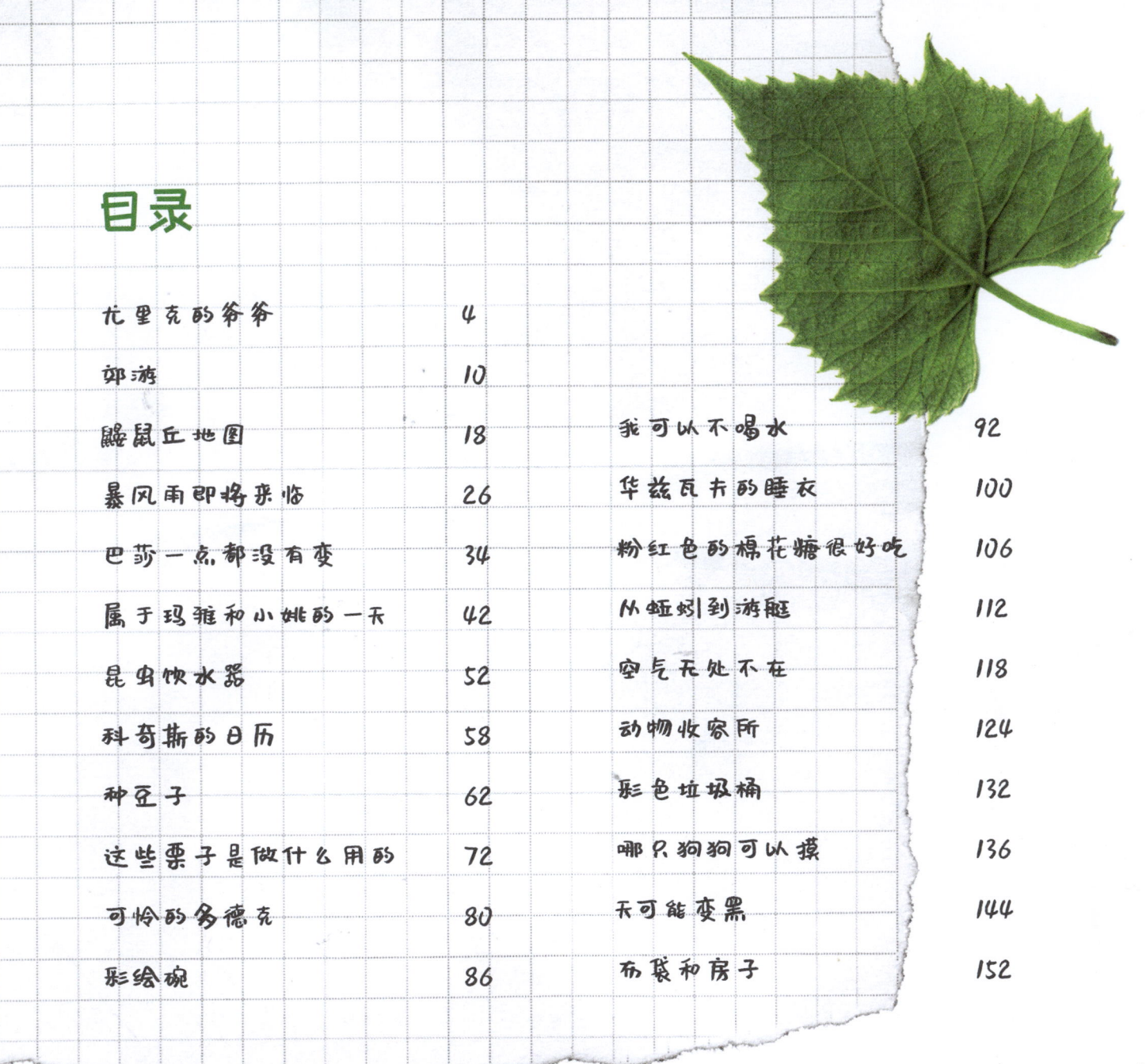

尤里克的爷爷

　　这是一座不同寻常的房子，红砖砌成的外墙上爬满了绿油油的常春藤。红墙里面的房间高高的，其中一个房间里堆满了书。除此之外，还有狭窄的走廊，以及一个巨大的地下室。那里气味独特，你可以感受到那里潮湿的气息，还可以闻到木箱中苹果散发的幽香。

　　这里是奶奶哈林卡和爷爷斯塔谢克的家，他们是尤里克爸爸的父母。两天前，爸爸开车带着尤里克和马丘什来到这里。今天，他们打算去森林里游玩，但是现在，马丘什已经在大房间里那张造型奇特的沙发上睡着了。

爸爸和奶奶正在厨房里聊天。尤里克走进了爷爷家的后院,这里有一棵巨大的菩提树。

"怎么了,我的宝贝孙儿?"爷爷在木质长椅上挪了挪,让尤里克坐到他身边。

"没什么,一切都好。"

"这棵树还是我爷爷种下的。我现在仍然记得种树那天的情景,那个时候我比马丘什大不了多少。"

"嗯嗯。"

"我就喜欢坐在这里,静静地看着它。"

"那么,这里会发生有趣的事吗?比如有时候飞来的一些鸟儿……"

"一切都很有趣。当我看着这棵菩提树时,我会想到整个世界!想到太阳,整个自然界都与它息息相关;想到白天和夜晚;想到一年四季;想到树木在冬天睡觉,在春天醒来。现在我在等待鸟儿,它们将在这枝头筑巢,然后小家伙们会破壳而出,发出清脆的鸣叫声。"

冬天

春天

"春天,树木生长。秋天,树叶凋零,为过冬做好准备。一年又一年,树木不断地生长,而我呀,已经在慢慢变老了。"爷爷向尤里克眨了眨眼睛。

秋天

夏天

"爷爷,您怎么能联想到这么多呢?"尤里克非常惊讶。

"是啊!无论如何,我还是要告诉你。你知道吗?我的生命即将走到尽头,也许过不了多久就会离开这里,而这棵菩提树,不出意外的话,会继续生长在这里,你可以一直欣赏它。我还想告诉你,即使菩提树消失了,世界仍会按照自己的秩序运行,生命诞生、死亡,四季更替,昼夜轮转。"

尤里克靠在爷爷怀里。虽然他不经常来爷爷家,但爷爷在他心中的分量很重。

"爷爷?"尤里克喃喃自语,"我想告诉您一些事情。我喜欢思考,妈妈说我是个小哲学家。在我很小的时候,我常常问各种问题。"小男孩一边回忆一边露出了微笑,"您知道吗?我跟您很像!"

郊游

"唉,我实在是受不了了。"伦卡轻声对尤里克说。

"什么?"

"你没有听见格吉说的话吗?"女孩咬牙切齿地说道。

"不要在意。"尤里克耸了耸肩。

"怎么能不在意呢?班级组织了一次山上郊游活动,天气也令人愉快,不幸的是,有格吉这么一个自以为是的家伙。在学校里,他总是很安静、淡定,寡言少语的。可今天呢?自从今早上了大巴车,格吉的嘴就一直说个不停。他谈到了和父母、哥哥、姐姐上次在海边度假,以及秋天的山居生活,似乎没有人比他更懂这些事情。"

小溪

瀑布

"哇,老师快看,一条小溪!"格吉叫道,"哇,它流得真快!"

"这条小溪真窄……"巴莎不屑一顾地说。

"在山里就是这样。"格吉一本正经地说,"上次郊游的时候,我们看到了一帘瀑布,可漂亮了!"

伦卡转过头去,决定不再和同学怄气了,就当什么也没有发生过。其实,之前她和爸爸妈妈在山上经历过各种情况。有次徒步郊游时,天气突然从晴天变成了暴雨,他们迷失了方向,伦卡的脚后跟还被新鞋子磨破了。在伦卡还很小的时候,有一次她的父母用一个背篓式样的背包背着她。在那次郊游中,她弄丢了自己最喜欢的玩具——一只粉红色的兔子。

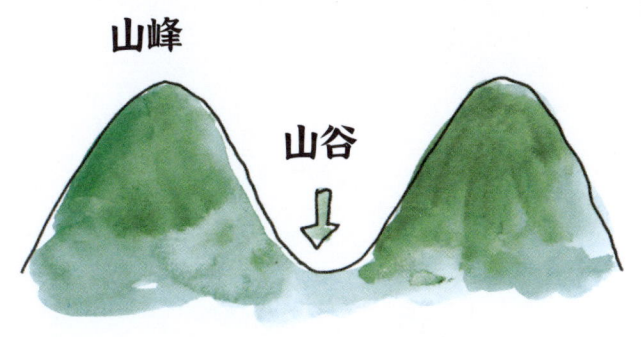

现在，伦卡身上只剩下一张照片，有时会在听妈妈讲睡前故事时想起那个兔子玩具，比如："啊呀，野兔如何在森林里找朋友？"

"伦卡，我能问你一些事情吗？你一定要对我说实话哦。"女孩的思索被尤里克打断了。

"什么呀？"

"格吉刚刚向老师和班上一半的同学解释说，假如山中有山丘、山谷、弯弯的溪流、光秃秃的岩石和针叶树……还有大片积雪、土拨鼠和麂子，那么这片区域就是山地景观。"

"真的吗？"女孩一边问一边笑出声来。

"真的，真的。"尤里克严肃地点点头，"格吉说得很夸张，要是看到沙丘、金色的沙滩和飞翔的海鸥，那就是海滨景观了。"

没有大海的海滨景观……

"格吉没有提到大海吗?"伦卡笑得合不拢嘴,"等等,尤里克,所以,你要我跟你说什么实话呢?"

"我也像格吉那么自以为是吗?"

"你比他更自以为是。"伦卡想了想,最后回答说,"但是,我们已经习惯了,所以也就没什么特别的,但格吉……"她正在寻找合适的措辞,"今天你让大家感到很惊讶。"

"你让我感觉更糟糕。你怎么现在走这么快?是要去哪里?"

"我去找格吉。我要问他,背着背包的徒步旅行者是不是也属于山地景观。"

鼹鼠丘地图

伦卡和安特克的班上来了一位新同学,同学们都叫他小姚。小姚有一个姐姐叫玛雅,是五年级的学生,也在这所学校上学。他们的妈妈是中国人。和妈妈一样,小姚和玛雅也有一双黑黑的眼睛。他们之前住在格但斯克,来这里之前还在伦敦生活过。虽然开学才几天,但已经看得出来,在班上所有的同学中,尤里克最喜欢的就是小姚,他们俩还是同桌。

我是小姚。

我是尤里克。

小姚在家里养了一只乌龟，名字叫墨球。尤里克彻底被墨球迷住了，他想跟墨球一起生活在水族箱中，不肯离开墨球半步。让尤里克高兴的是，小姚也很喜欢他的小狗麦克斯。然而，由于姐姐玛雅对动物皮毛过敏，他们不能在家里养狗或猫。

今天是星期六，小伙伴们要去公园。小姚和尤里克先骑了会儿自行车，然后玩空气曲棍球，现在两人正坐在长椅上吃着冰激凌。

"快看，好像有东西在动。"小姚突然喊道。

大斑啄木鸟

砰！砰！

"在哪儿？"

"这里，右边，已经动了两下了。"

他们跪下来趴在鼹鼠丘旁边。

"什么动静都没有啊。"过了一会儿，尤里克有点不耐烦了，抱怨道，"找来找去，鼹鼠没找到，我的冰激凌倒是快化干净了。你是不是故意的？"

"我怎么会是故意的呢？怎么可能？"小姚有点生气了。他吃完了冰激凌，在裤子上擦了擦手，并用手指戳了戳小土堆，突然叫了起来，"你快看这些在土堆上面的黑色的土。"

"我也看到了。"

"这土是新鲜的，还没有变干呢……"

"动了！动了！"尤里克喊道，"唉，又是这样，又不动了。"

绿啄木鸟

小姚跪在草地上,把头贴近鼹鼠丘。

"也许我能听到它的声音。"小姚轻声说道。

"太好了。"尤里克点点头。

"在公园里,我看到过松鼠和绿啄木鸟。有一天晚上,我还看到了蝙蝠。"小姚把耳朵贴着草地回忆着,"我妈妈有一次还在附近看到过野猪呢,它们一定是从森林里跑到这儿来的……那么,其他的鼹鼠丘在哪里呢?"

"这太有趣了,它在地下有自己的城堡,我们在大地上也有自己的家!"

男孩们站了起来,向四周看去。

"右边还有两个。"小姚说。

"在那边,在旋转木马旁边还有三个。哦,这里也有一个,这个真的太大了!啊啊啊啊!"尤里克大喊着,兴奋地跳了起来。

在陌生人看来,这个小男孩可能是被什么东西刺痛或者扎伤了,但小姚知道,尤里克只是太激动了。

两个小男孩玩得十分开心,眼睛闪闪发光。

我们麻雀喜欢公园!

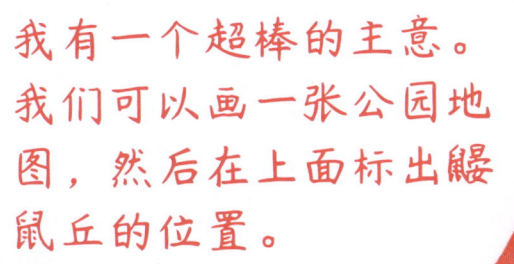

"然后我们可以把地图卖出去。"尤里克一边用衣服边缘擦拭着他的眼镜,一边说,"我们可以在冰激凌摊位上卖,告诉我,难道你就不想买一张公园的鼹鼠丘地图吗?"

"不,我不想买!"小姚坚决地回答道,"毕竟我将拥有鼹鼠丘地图的原始版本。"小姚的回答太让人意外了,尤里克一下子愣住了。

暴风雨即将来临

每到周末，艾达的奶奶米拉夫人一点儿也不觉得孤单，因为伦卡和艾达会来她家过周末。星期五晚上，伦卡的妈妈把她们送到这里。星期天晚上，艾达的爸爸会来接她们回去。今天是星期六，女孩们一大早就和米拉夫人去了树林，她们采了半篮子蘑菇。午餐时，她们会用这些蘑菇来做美味的意大利面酱，而现在她们正在农田里转悠。

伦卡正在到处拍照。山羊、正在啃胡萝卜的小马马利克、母鸡、小鸡、兔子、躺在楼梯上的小狗巴卡、神情严肃地在栅栏上奔跑的猫咪格维亚兹卡，甚至还有一对孔雀，伦卡不停地按动相机快门键，把它们都拍了下来。

伦卡喜欢这里的一切，除了迅速席卷天空的乌云。

"唉，看来要有暴风雨了。"艾达不高兴地嘟囔着。

伦卡听到这话，吓得愣住了。她害怕暴风雨，从小就是这样，非常害怕。

"可怜的小狗巴卡，它以前都会因为害怕躲到阁楼上。"艾达接着说。

"怎么上阁楼呢？阁楼需要爬梯子才能上去的。"

"正是内心巨大的恐惧促使小狗巴卡爬过梯子、登上阁楼。但是现在它已经老了，实在没有力气往上爬了。你看，小狗巴卡已经害怕得发抖了，让我带它回奶奶那里。"

"孩子们,把山羊和小马马利克带到马厩,好吗?"米拉夫人喊道,"我关好窗户,关掉电视和电脑,然后就去找你们。"艾达点头表示同意。

看着惊恐的小狗巴卡、害怕的山羊和紧张得直摇头的小马马利克,伦卡想说她没办法帮忙。她自己也很害怕,她的心脏正在疯狂跳动。

然后伦卡做了几个深呼吸，感觉心脏跳动得不那么疯狂了。她开始帮助艾达，就像是在自己家里一样。当暴风雨来临时，伦卡的猫伊泰克害怕极了。尽管伦卡也很害怕，但她还是照顾好了这只小猫。

云层越来越厚了，动物们已经被妥善安置在马厩或鸡舍里。邻居斯特凡先生将割草机藏进了车库里，他对艾达和伦卡说："暴风雨来的时候，就不割草了！"这时她们正在将晾干的被褥从绳子上取下来。

"有一次，我们在草地上遇到了一场巨大的暴风雨。奶奶关掉了她的手机，然后我们躲进了一条沟里。我这么一蹲下，噢！"艾达比画着说，"那里到处是黑莓树丛，我全身都被划伤了。"

"当时躲在树下不是更好吗？"

"当暴风雨来临的时候,一定不要站在树下!最好也不要待在树林里,更不要靠近湖泊、池塘或河流。好啦,我们回家去吧。"

在家里,小狗巴卡正趴在床下面,旁边是猫咪格维亚兹卡。女孩们挨着动物们坐下,一个劲地抚摸它们。格维亚兹卡喜欢别人抚摸它的脖子,巴卡喜欢被抚摸两只耳朵之间的地方。第一滴雨落下的声音清晰可辨,紧接着大雨倾盆而下,一片汪洋。天黑下来了,米拉夫人拿着一盏奇奇怪怪的灯走进了房间。

"这是一盏煤油灯。"米拉夫人解释说,"现在最好不要开电灯。你们知道吗,宝贝们?也许我应该点燃厨房里的老式灶台……"

艾达不停地叫喊着,高兴得手舞足蹈。伦卡知道,艾达这会儿非常兴奋。她轻声笑着,很好奇接下来将要听到什么有趣的事。

"我们要有土豆饼吃喽!太棒啦!我喜欢土豆饼!如果有土豆饼,比萨都不算什么!"

巴莎一点都没有变

上周,老师将班里的孩子分成了几个小组,每个小组都安排了体验大自然的活动。安特克、尤里克、科奇斯和巴莎在一个小组,他们的任务是观察操场上的水坑。

按照计划,早上一到学校,孩子们就要用粉笔将水坑轮廓画出来,并记录好时间。下课后,再次用粉笔画出水坑轮廓,并记录时间。重要的是,要确保这是阳光明媚的一天。

"我们明天行动起来吧。"尤里克建议,"天气预报说明天会很热。"

"24℃。"科奇斯肯定地说,"并不是整个波兰都这样,我们这边确实比较暖和。"

巴莎转过头去,其实她更希望参加其他的实践活动,但老师并不想改变原定的计划。

巴莎与安特克在同一小组。

"嘿，我们明天早上 8 点开始上课，请大家提前 10 分钟到校，好吗？"安特克提议道。唉，尤里克叹了一口气，因为他不喜欢早起。

"啧，反正你们会迟到！"巴莎不屑地说，"你们肯定会的。我会带上粉笔，我有彩色的粉笔哟。明天见。"她一边说着，一边跑向衣物寄存处。现在已经放学了。

"和她分到同一组真是太扫兴了。"尤里克嘀咕道，"不过，希望明天早上她不会那么讨人厌。"

我会带上粉笔。

第二天，他们四个按事先约定的时间准时碰面了。

"好吧，好吧。"巴莎喃喃自语，"你们让我大吃一惊，行吧，行吧……"

"好了，我们快点开始吧。"安特克说，"抓紧时间。"

"你们只要负责把时间记录好就行。"巴莎吩咐着。

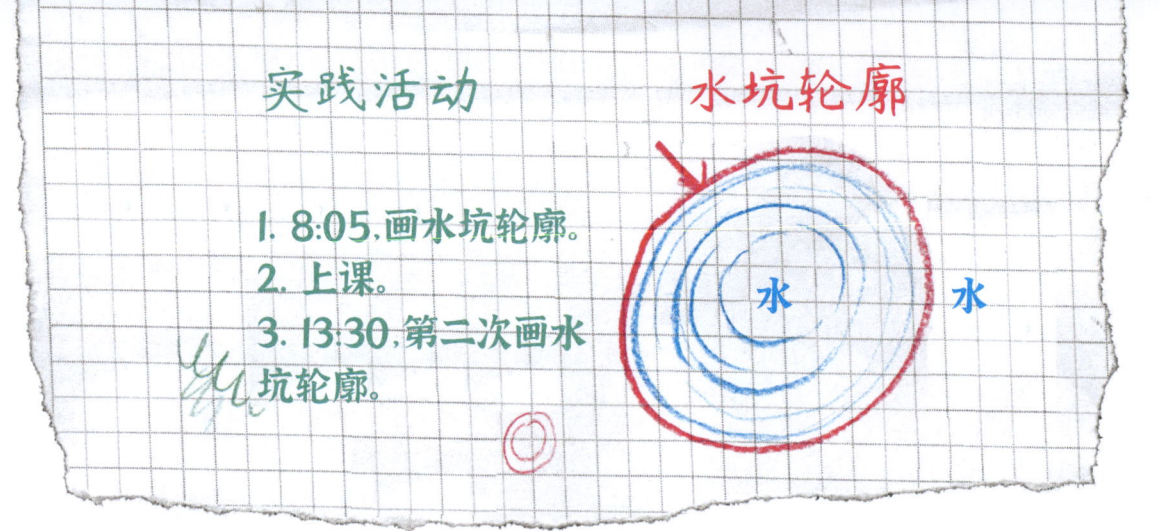

"把粉笔给我!"尤里克嗓门有点大。

突然,巴莎停止了微笑,瞬间呆若木鸡。

"我忘了……我本来是准备好了的,粉笔就放在桌子上,但我忘记装进背包里了。"她沉默了一会儿回答道。她不再是那个自信、骄傲的巴莎了。

"没关系的。我去学校传达室或者老师办公室借几支粉笔。"安特克说,"我们操场见。"

这个水坑很大。水中倒映着蓝蓝的天空,不一会儿,也倒映出男孩们的笑容和巴莎尴尬的神色。

尤里克用白色粉笔勾画出水面的轮廓，科奇斯核对时间，安特克将时间记录在笔记本上。为了保险起见，尤里克把时间写在白色轮廓旁边的沥青地面上。然后，上课铃声响起了，于是孩子们都向教室跑去。

下课后，巴莎和男孩们再次碰面了。

"水蒸发了。"科奇斯肯定地说。

"液体已经变成了水蒸气。"巴莎一脸睿智地插话道,"因为水的聚集状态发生了变化。"

"我们再来把水面的轮廓画出来,然后把时间写下来,明天跟老师汇报。"话音未落,尤里克已经趴在地面上画起来了。

"那我来拍照。"安特克从裤兜里拿出手机。

"哈,我之所以忘带粉笔,是因为我一直在想今天早上你们会迟到多久,我很担心会因为你们而完成不了今天的实践活动。"

安特克突然放声大笑起来,尤里克和科奇斯也咯咯笑起来,他们的笑声惹怒了巴莎。

"你们笑什么?"

"笑你一点儿都没有变。"

哈!
哈!
哈!

属于玛雅和小姚的一天

明天将是美好的一天,因为明天不仅是星期六,还是属于玛雅和小姚的"自由日"。这一天,将由他们俩来决定做什么——爸爸妈妈也会一起参加,这已经成为家里的一种传统了。这个主意是妈妈前段时间提出的,每月都有一到两天由孩子们来安排全家人的活动,去电影院看电影、看有趣的展览、去游泳馆、参加户外活动,或者在家里烤比萨、下棋,都行。

森林……

达·芬奇的机械发明。

"我想去户外。"小姚一边想一边笑着,坚定地说,"就去那个我们曾经迷路的森林。"

"我想去科技馆。"玛雅反对小姚的计划,"有一个展览,是关于莱昂纳多·达·芬奇的机械发明的,你应该知道的。"

小姚点了点头,他当然知道了。

玛雅读过关于这位杰出人物的一些资料。

"但是我必须去森林,因为我答应了老师,要在课堂上给她介绍这次户外活动。"

"这样的话,那我们就先去森林,森林近一些,然后去科技馆。"玛雅建议,小姚欣喜同意。

姐弟俩拿出纸和笔,在上面写出明天的计划。他们必须在早上8点左右开车出门,然后大约下午1点从森林出发,这样才能及时赶到展览现场。最后去一家小餐馆享用菠菜奶酪煎饼和冰激凌,他们很喜欢在那里吃饭。今天,他们还要准备好登山靴和望远镜,并给相机充满电。

"这个计划真不错。"小姚满意地拍了拍那张纸,"我们拿去给爸爸妈妈看看吧,怎么了?"

"让我们先看看明天的天气预报吧。"玛雅提议说,"你还记得上次郊游的遭遇吗?"

"你说的是 7 月的那次吗?"

"对啊。"

大气压
气温
降水
局部多云
晴朗

小姚笑出了声,那次郊游真是太令人难忘了。那天,他们一家人去参观了附近的城堡遗址。刚开始,天气非常暖和,阳光灿烂,天空中没有一丝云彩。但当他们走到半山腰时,蓝蓝的天空突然暗了下来,然后每个人都赶忙往停车场跑。等回到车上,大家的衣服都已经湿透了,甚至连鞋子里都浸满了水。到家后,太阳又出来了,天空中还划出了一道漂亮的彩虹。

"还有秋天的那次呢?和朱莉娅阿姨一起的那次呢?还有我们开车去里加的那次呢?早上起雾了,后来又下雨,到晚上又下雪了。"

"那是我第一次看到结冰的水坑。"玛雅一脸严肃地说。

"那是什么？"

"刚采来的一筐蘑菇。"玛雅双手拎着篮子说。

"假期真是太有意思了。那两个星期雨雪就没停过，其间还有一场暴雪，冰凌足足有两米长呢。"

"嘿，小姚，小姚，你是在开玩笑吧。"妈妈笑着说，原来她一直站在房间门口听孩子们说话，"首先，当时我们只有一个星期的假期，然后呢，只下了不到两天的雪。"

"还是我的版本更有趣一些。"

"你还记得吗,宝贝,大约两年前……不,也可能不是两年前……我们到住在山上的雅佳夫人家里过周末那次?"

"然后呢?"

"星期五,波兰还正值金秋,我们将细纱线收到篮子里,想拿来做袜子。然而,星期六出现了大融雪,导致路面泥泞不堪,汽车无法正常行驶。你爸爸只好走路去买新鲜的面包,结果一不小心陷进了泥潭里,直到有人过来帮忙才把他拉了出来。这些事你还记得吗?"

最高温度,+5℃

最低温度,-10℃

0°C以下

融雪

0°C以上

小姚睁大眼睛看着妈妈,一脸茫然。

"根本不是这样的。你把秋天和春天搞混了。我们那时是在秋天,没有什么特别的事情发生……"

"但是,我的故事更有趣一些哟。"妈妈调皮地眨了眨眼睛,离开了房间,并说道,"我和爸爸等着你们的决定。"

姐弟俩坐在电脑前,打开了电脑。

"哦,不!"男孩一脸郁闷地叫道,"天气预报说,森林那片区域,上午是阴天,然后,从中午到晚上,有雷阵雨。"

"等等——你看地图,雷阵雨应该在我们的南面,而北面应该是温暖晴朗的。"

"太赞了。"小姚兴奋地说,"我们去跟爸爸妈妈说说我们的计划吧。"

"不管怎样,我们还是要带好雨衣,以防万一。"

昆虫饮水器

斯塔辛斯基先生一家是伦卡的邻居,两家人之间只隔了几栋房子。一段时间以来,斯塔辛斯基家的草坪上总有什么东西在闪闪发光,伦卡非常好奇。

这天,女孩对爸爸说:"爸爸,我去斯塔辛斯基夫人家了!"过了一小会儿,她走到邻居家门口,停下来和斯塔辛斯基夫人打招呼:"早上好!"

"早上好啊。"斯塔辛斯基夫人蹲在花坛旁问候道,"最近怎么样?"

"您的花园是我们这条街上最漂亮的。"伦卡对夫人的问候答非所问。这是毫无疑问的,因为这座花园里种着各种颜色的花,芳香四溢。

"谢谢!"看得出来,这些话让斯塔辛斯基夫人非常高兴。

"草坪上那些一闪一闪的是什么东西?在那边。"

"请进来吧。"斯塔辛斯基夫人站了起来,打开了花园门,"这是昆虫饮水器。"

"我会给鸟儿做饮水器,但从来没听说过,更没见过昆虫饮水器。"伦卡在草坪上的一个盘子前停下。盘子里有一些水,里面有一些玻璃珠子微微露出水面,闪闪发光。

"必须像这样放几颗珠子,不然的话昆虫可能会被淹死。"斯塔辛斯基夫人解释说,"这些昆虫帮助我的花园变得更漂亮,所以我要照顾好它们。"

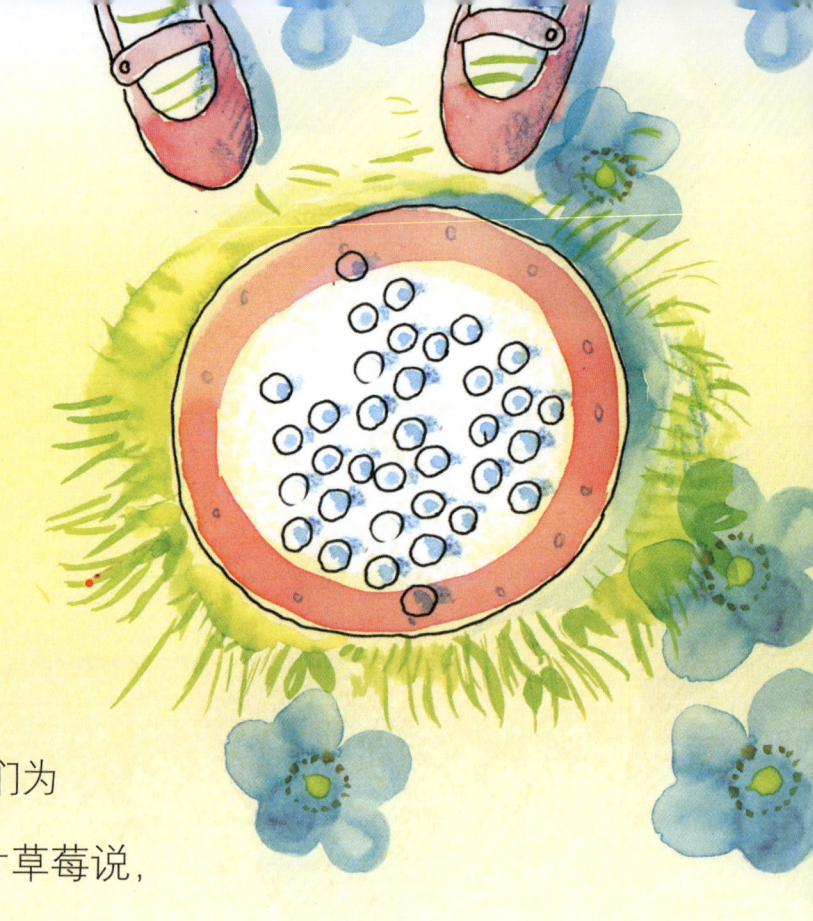

"这是为什么呢?"

"花朵用它们的颜色、气味、美味的花粉和甜甜的花蜜装扮自己,来吸引花粉传播者。"

"花粉传播者!"伦卡咯咯笑,"真的有这样一个名字吗?"

"是的,这花粉传播者就是昆虫,它们为花朵传播花粉。"斯塔辛斯基夫人指着一片草莓说,"亲爱的,请随便摘着吃,再往右走几步还有更多呢。"

"味道好极了!比店里卖的好吃 100 倍!"伦卡赞不绝口。

这味道跟艾达奶奶花园里的草莓很像。

"如果没有蜜蜂、黄蜂或者小飞虫,就不会有这些漂亮的花朵,也不会有其他的蔬菜和水果。所有的花都有花瓣、雌蕊和含有花粉的雄蕊。花蜜是蜜蜂的食物,通常存储在花的底部,蜜蜂采蜜的过程中会把花粉从雄蕊转移到雌蕊上,这样植株才能结出果实。"

伦卡闭着眼睛听着。她知道这些,老师曾在课堂上讲过。但在这里,在这个芳香四溢、绚丽多彩、热闹非凡的花园,这些知识听起来有种完全不同的感觉。

"每当我想到蜜蜂,我就会想到蜂蜜。"伦卡自言自语道。她睁开眼睛,又吃起了草莓。

"你说得对,是蜜蜂生产了蜂蜜。对了,我要邀请你们一家去我们的农场。那里并不远,我带你们看看我的昆虫屋长什么样。"

科奇斯的日历

当科奇斯还很小的时候，他就开始画天气日历了。无论当天是阳光灿烂、下雨还是多云，他都会在相应的方框中做标记。随着科奇斯慢慢长大，他开始往天气日历中添加更多的细节，比如，早上和晚上的温度以及云的类型，他曾画过浓密的云团，巨大的、阴沉的雨云预示着即将下雨；他还画过羽毛状的、蜘蛛网状的云朵。后来科奇斯又在天气日记上画表情，发生开心的事情时画笑脸，发生不愉快的事情时画哭脸。前者肯定更多，因为科奇斯看到了生活中更阳光的一面。即使雷雨即将来临，他仍然可以享受闪电划过空气时的气味；或者发烧的时候，尽管头会很疼，但这时艾达和其他小朋友会来看望自己，又怎么能不画一张笑脸呢？他最喜欢的一套贴纸就是艾达送的。

20:30

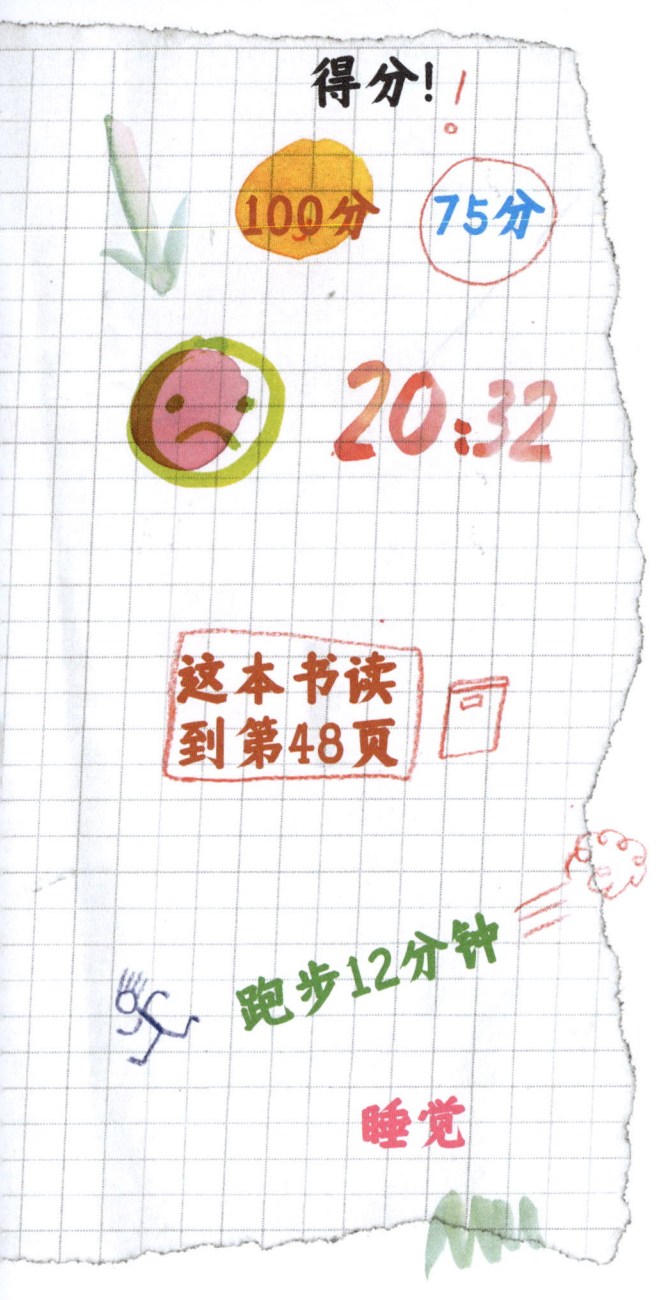

除此之外，还有嘴角上扬成马蹄形的笑脸；当爷爷去世时，科奇斯画下了最悲伤的表情；当艾达扭伤了腿而不能去上学时，他再次画下了伤心的表情。

最近，科奇斯一直在记录他考试得了多少分、看书从哪一页看到哪一页、几点钟起床、几点钟睡觉、和妈妈在公园里跑步跑了多久、和爸爸骑自行车骑了多久。

需要记录的东西太多了,科奇斯没有把它们写在笔记本上,而是记在一本大日历上。

科奇斯最了不起的地方在于,每当他看到这些标记,哪怕是几个星期前做的标记,他都能立即回想起那天发生的事情。

种豆子

还有两个星期就要到妈妈的生日了。达雷克和亚雷克这几天一直在思考给妈妈送什么礼物。请爸爸送辆新车？妈妈最近说她的汽车无法启动。送台电脑？一台用起来非常非常快的电脑，就算兄弟俩玩游戏也一点儿都不卡。又或者是一张出国旅游的机票？唉，这真是一个困难的决定。

"爸爸，妈妈过生日我们要做什么呢？"一天亚雷克悄悄地问。这时达雷克站在门口竖起耳朵听着，看妈妈是否还在浴室。

"你们有什么想法呢？还有两个星期呢。"

"哦，我们知道还有两个星期。"达雷克嘀咕着，"我们在考虑送什么礼物给妈妈。"

"最好是用你们亲手做的东西当礼物。"爸爸肯定地回答道,"妈妈会喜欢你们这么做的。小伙子们,5分钟之后到车里来。达雷克,你还一直穿着睡衣睡裤吗?"

"哦,是的。"达雷克漫不经心地回答,"如果你不喜欢的话,我可以换掉。"

"我觉得没关系,你可以不换。你穿着宽大的睡裤和颜色鲜艳的睡衣,倒是挺可爱的,其他小朋友看了一定会很开心的。"爸爸笑着说。

5分钟后,兄弟俩已经在车里了。

"我们可以和尤里克聊聊,他什么都知道。"亚雷克很肯定地说,达雷克点了点头表示同意,他已经换掉了睡裤,穿上了牛仔裤。

从幼儿园放学回家后,兄弟俩给他们的表哥尤里克打电话,想听听看尤里克有没有什么好主意。

"贺卡、面团做的珠子、黏土做的珠子、罐子做的小花瓶。"尤里克一口气说了一大串。兄弟俩打开了手机免提,一起认真地听着。

"不要,不要,这些东西太无聊了……"亚雷克叫道,"快说点有趣的。"

"我们准备点植物怎么样?"达雷克补充道。

"你们可以在玻璃瓶里种植风信子。"

往罐子里倒满水。

用纱布封住罐口,并将纱布底部浸入水中。

在纱布底部放一颗豆子。

尤里克建议道。听到这里,兄弟俩其中一个问道:"风信子是什么呢?"尤里克迅速补充说:"种豆子更好,你们一定知道这个怎么做,在幼儿园的自然角肯定有类似的东西。"

　　确实如此。将罐子装满水,纱布稍微浸入水中,并在纱布底部放一颗豆子。起初,它只是一粒种子,之后将成长为一株带有心形叶子的大植物。兄弟俩互相看着对方,眼睛都亮了。他们挂掉电话,立即开始行动。

把它放在阳光充足的地方。

接下来的几天,注意观察豆子的生长情况。

咔嚓……

咔嚓……

睡裤被剪成一块一块的。

用布片盖住玻璃罐口。

……喷上水。

到了傍晚，七颗豆子已经躺在色彩鲜艳的湿布上了。

我们必须把它们藏起来，免得被妈妈发现。

兄弟俩把豆子藏在桌子底部的抽屉里。为了不被发现,男孩们在抽屉表面盖了几张卡片和报纸。

接下来干什么?

只管等着它们长大就行了。

阳光　　　　水　　　　空气　　　种子

好几天过去了,爸爸妈妈纳闷怎么那么多玻璃罐子都不翼而飞了,而小伙子们正期待着这个惊喜。终于,在妈妈生日的前一天晚上,兄弟俩拉开抽屉。

"哦,不!这些蚕豆子比之前更小了!还有一些皱巴巴的!"兄弟俩接连大叫起来,"尤里克一定是跟我们说错了什么!"

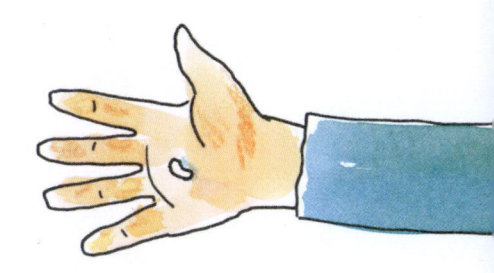

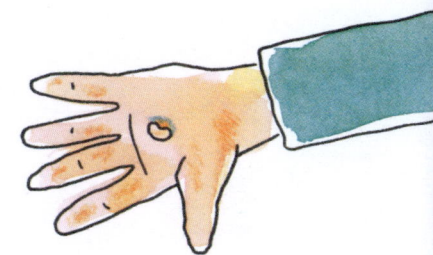

这些栗子是做什么用的

伦卡喜欢采蘑菇,即使回到家时篮子里空空的,一朵蘑菇都没采到,她也总是开开心心的。那里有一片森林,能闻到清新的空气,听到树木的沙沙声,看到各种浆果、蓝鸦的羽毛、弯曲的树根,以及漂亮的树皮。在森林里不会感到无聊,就算没有找到蘑菇,也不会空手而归。

今天的蘑菇采得非常顺利。伦卡和爸爸妈妈已经很久没有采到过这么多蘑菇了,三个篮子都装得满满的,甚至连伦卡的运动衫里都塞满了蘑菇。

"好了，姑娘们，接下来我们要将这些蘑菇晒干、腌制和冷冻。"爸爸得意地搓了搓手。他们正站在森林附近的一个停车场里，欣赏着后备箱里收获的蘑菇。

"一个星期后我们再来郊游，说不定还会像今天一样幸运呢。"

"我非常乐意。"伦卡兴奋地跳了起来，"到时候安特克肯定已经恢复了，他会和我们一起来的……"

"哦，那是什么？"伦卡捂着鼻子说，"好像是烟，很大的烟，是哪里在生篝火吗？"

妈妈摇了摇头。

"我刚才看到了,有人在烧干草。我报警了,他们说警察马上就到。虽然我们只能打电话,但是应该这么做。"

伦卡皱起了眉头,她知道这意味着什么。有一次她在广播中听到这样的消息,那时她还不太明白,就让妈妈解释。有些人烧毁草地、牧场或田地,以清除里面干枯的植物。然而,随后有很多动物死亡,也有很多动物在浓烟和烈焰中受到伤害,小到蚂蚁,大到刺猬和野兔都难逃一劫。

妈妈和爸爸同时看了女儿一眼,两人会心一笑。

"我有个建议。"爸爸说,"现在还很早,还有时间摘一些栗子和橡子。"

"摘栗子和橡子做什么呢?"伦卡耸了耸肩。她看上去仍然不开心,接着说道,"我已经长大了,不能再用它们来做怪兽玩具了。"

"不是为了你,是为了帮助动物们过冬。"妈妈解释说,"栗子和橡子是狍子、野猪和小鹿的美味佳肴。"

"哦,对,对!"伦卡开心地笑了,"我知道哪里有橡树,就在森林里,离我们停下来吃三明治的地方不远,我们快去吧。"

"等一下,宝贝儿。在森林里采摘栗子和橡子,然后投喂给这些森林的居民,这有什么意义呢?"妈妈问伦卡,语气中强调了"在森林里"和"森林的"这两个词,并补充道,"毕竟,这里是天然的……食堂。"

"那我们去哪儿摘呢？"

"去奶奶家附近的公园里摘，那里非常多，不摘也是浪费。"

"摘完之后呢？等到冬天我们再拿到森林里来，对吗？我想我们会摘到很多很多，因为安特克以及其他小朋友也可以一起来摘……对了！我们学校旁边有一棵巨大的栗子树。"伦卡兴奋地说，"全班同学都可以来摘，是不是很赞呢？"

"太好了。"爸爸妈妈点了点头。

"只是，在森林里你不能随意给动物喂食。"妈妈补充说，"我们要找到特定的喂食点，用来投放你们采摘的食物。"

"喂食点有人专门给动物喂食吗？"伦卡疑惑地问道。

"如果没有，那么护林员会来喂。"

"我可以自己喂。"伦卡不屑地哼了一声,"喂个动物有什么难的?"

"那么,你知道在森林中哪里允许投放食物吗?应该投放多少呢?这些规定能保证动物们继续靠自己的力量寻找食物,自力更生,而不是偷懒等着食物的到来。而且,按照规定来,我们投放的食物也不会因放置太久没吃完导致变质进而损害它们的健康。"

"我还不知道这些。"伦卡承认,"但我确实知道哪里有一条长长的栗子大道,就在河边,哈哈!我们可以去那里摘栗子,咱们家里有手推车吗?"

可怜的多德克

艾达正在吃早餐,而狗狗多德克的行为有些奇怪。它并没有像往常一样坐在艾达身边,让她给挠痒痒,恳求地看着她,等着她赏一片肉或者一块涂了黄油的面包,而是无精打采地躺在桌子下面。

"妈妈,多德克有点不对劲。"女孩的声音透露出些许担心,"今天早上是谁和它一起出去散步的呀?"

"我啊!"卡罗拉在她的房间里喊道,"只有我关心咱家的小狗。"

"一切正常吗?"妈妈问道,她在多德克身边蹲下来,仔细地看着。

"对啊……哦,不对。"卡罗拉走进厨房,同时说道,"它捡到一块坏了的香肠。我把香肠从它嘴里拿走了,但我想它还是吃了一点。"

是的，狗狗喜欢吃这种不健康的东西。有一次散步时，它也是吃了类似的东西，然后就病得很重。去宠物诊所后，宠物医生从它的爪子上抽血，在抽血前还必须把爪子上的毛剃掉。"

"我开车把它带到雅兹克那儿去看看。"妈妈已经决定了。雅兹克先生是一位很友好的宠物医生。妈妈接着说："卡罗拉，不要伤心。艾达，你也别担心。医生会给多德克吃药，等你放学回来，它就会好起来的。"

"现在离上课还有一段时间,我不想在课堂上一直想着这件事。"艾达哭着鼻子说。

"那就和我一块去吧。带上你的书包,如果来得及的话,我再把你送到学校去。"

幸运的是,在雅兹克先生的诊所里,排队的人不多。有一位先生带着一只暹罗猫、一位女士带着一只仓鼠来看病。暹罗猫科瑟诺的肾出了问题,今天要做检查;仓鼠玛亚感冒了,还得了结膜炎。这是艾达第一次来到宠物诊所。

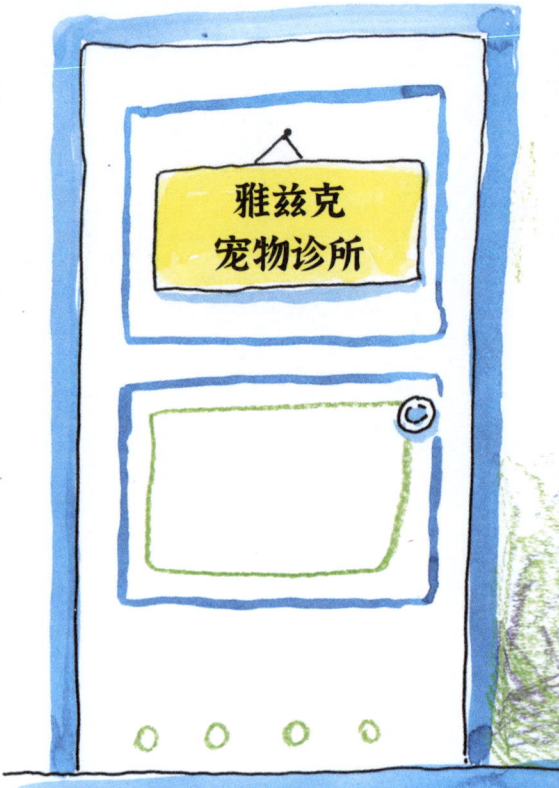

"别担心。"妈妈说。

多德克躺在地上,艾达坐在旁边,抚摸着它。

"它会好起来吗?"艾达问。她可能已经问了100次了。

"当然会了。"妈妈说。这也可能是她第 100 次回答了。

"狗狗,狗狗。"艾达低声说,"你还记得去年我肚子疼的时候吗?妈妈给我吃了胃药。一想起那种味道,我就吓得发抖。然后我喝了薄荷茶,才感觉好一点。你也一样,会好起来的……"

"哦,轮到我们了。宝贝儿,我们进去吧。"

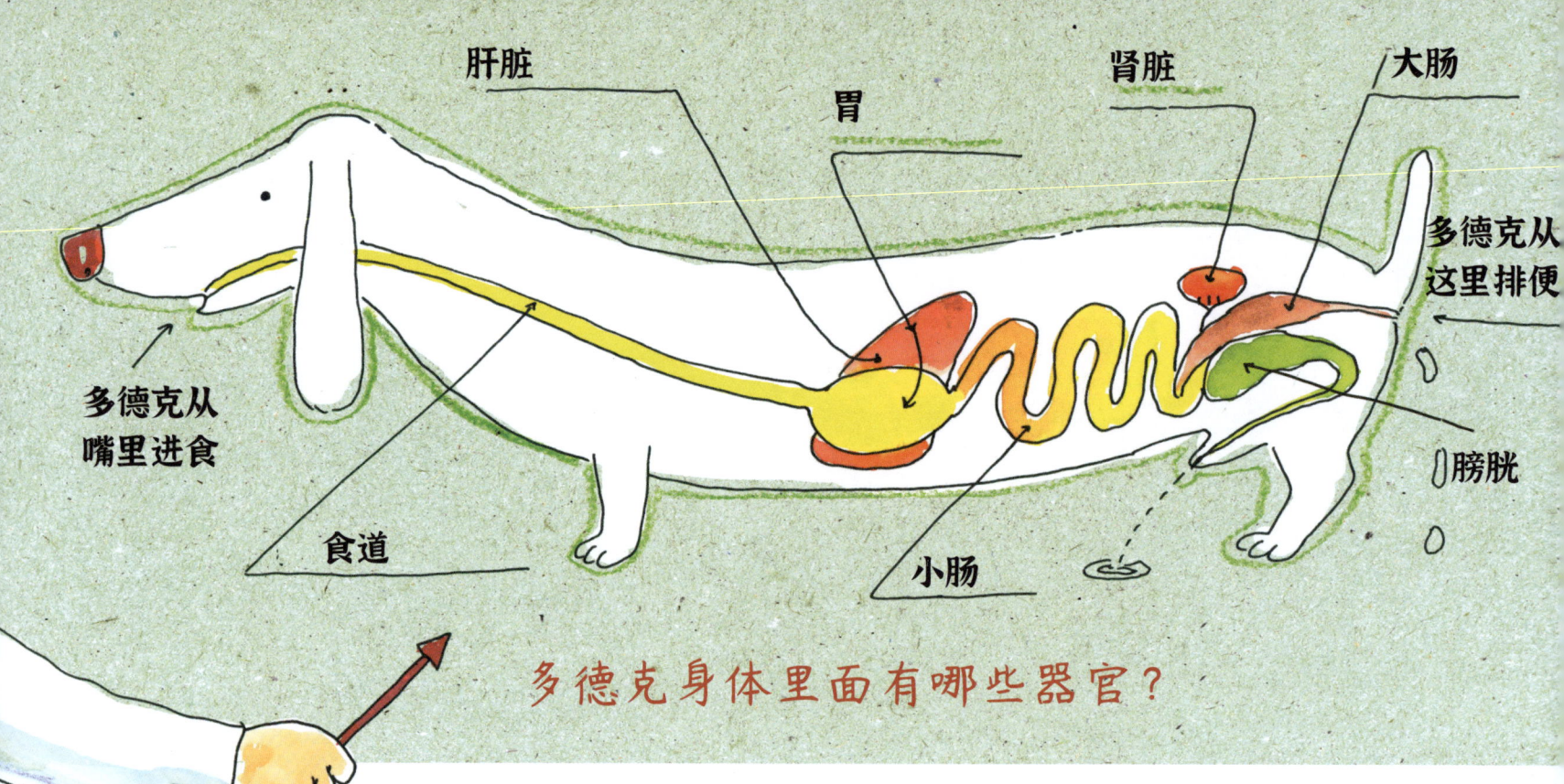

多德克身体里面有哪些器官?

"多德克,"刚刚给狗狗做完检查的雅兹克先生感叹道,"你是只聪明的狗狗,但还是喜欢吃那些令人讨厌的、发臭的食物。现在你肚子很疼,有点生病了。你觉得这值得吗?"

艾达从医生的语气中猜测,多德克的状况并不是太糟糕,否则雅兹克先生就不会开玩笑了。

彩绘碗

"艾达、伦卡,吃午饭了!"米拉夫人透过窗户喊道。

"但是我们不饿!一点儿都不饿!"艾达在远处回过头喊,"我们正在摘树莓呢。"

"我们正吃着呢。"伦卡补充说,她嘴里塞满了树莓。

"让卡罗拉跟着你们,我去一趟雅德维加夫人家里。"

"好的,好的。"艾达说。篮子还是能看得见底的,里面并没有装很多果子,因为果子都被她们吃进肚子里了,你瞧她们的小脸蛋被果汁溅得通红。艾达接着说,"奶奶!你是打算去雅德维加夫人家吗?"

"是的,我要去把碗拿回来。"米拉夫人停了下来,"怎么了?"

"那我们和你一起去。"艾达一边拎着树莓,一边拉着好朋友伦卡的手,边走边说,"雅德维加夫人有一个陶瓷工作室……"

"满是砖块的那种屋子吗?"伦卡做了个鬼脸。

伦卡以前去过一个类似的地方——黏土博物馆,博物馆的墙上挂着挖掘黏土的照片,玻璃展示柜里摆放着拼接起来的黏土器皿。她听一位戴着五彩羽毛

草帽的高大男子说，黏土是自然界的不可再生资源，也就是说黏土是几百万年前形成的，如果人们不停地把它从地下开采出来，用它制成砖块等建筑材料，地球上的黏土就会越用越少。

这位先生使劲儿做手势比画着，头上的彩色羽毛一晃一晃的。他告诉伦卡，黏土是人类最早用于建造房屋的材料，无论是庄园还是简陋的小屋，都可以用黏土来建造。

"我非常喜欢去那个陶瓷工作室！不管怎样，一会儿你就看到了。"

工作室就在离艾达奶奶家不远的地方，它的外面看起来就和普通房子一样，但里面却非常别致。

工作室的陶轮沾满了黏土,架子上摆满了盘子、杯子、碗和盆,有的是绿色的,有的是白色的,好像是点缀上去的颜色,又好像是黏土本身的颜色。伦卡最喜欢画有彩色小花的餐具,而艾达喜欢那些绿色的陶器,绿色让她想起了大海和森林里的池塘。

穿过那扇敞开的门,可以看到一个粉刷过的房间,中央有一个烧制陶器的炉子,一旁堆满了碗和盘子。

"这些是正等着被烧制的器皿。"雅德维加夫人解释道,她的围裙上沾满了黏土。

"那这些带孔的罐子呢?"伦卡指着说,"这些是用来做什么的呢?"

"那些是洋葱罐,是用来装大蒜、洋葱的,大一点的可以用来装土豆。米拉夫人,我去把碗拿过来。"

传统火炉

现代电炉

伦卡在一面挂着黑白照片的墙面前停了下来。

"这是我的曾祖父——华迪斯瓦夫，这里都是他建造的，那个时候炉子还在院子里。"雅德维加夫人已经回来了，她一边跟伦卡解释，一边用气泡膜打包这些餐具。

"奶奶，奶奶！"艾达叫道："今天我要用这样的碗来喝汤。"

"这个是用来盛水果的，它比喝汤的碗大一些。"奶奶笑着说。

"没关系，这碗真漂亮。"艾达说，伦卡也在一旁热情地点了点头。

"雅德维加夫人,我想再要三个小碗,一定要小一些的。等姑娘们安静下来,让她们来挑选……"

我可以不喝水

亚雷克和达雷克在大房间的角落里搭了个帐篷,这个帐篷里面有毛毯、椅子和熨衣服用的小桌子。他们用彩色蜡笔在自己脸颊上涂涂画画,玩得不亦乐乎。帐篷旁边有一个篮子,里面装着一些水果、几盒果汁和一包手指饼干。尤里克有点无奈地看着眼前的景象。此时,他的妈妈和多罗塔阿姨在隔壁房间坐着聊天,也不知道她们聊的什么,笑得眼泪都出来了。

"过来跟我们一起玩吗?"亚雷克问道。

"你们在玩什么呀?"尤里克有点好奇。

"你看看就知道了!"达雷克哼了一声,想把沙发上的垫子拉进帐篷里。

"我好像看不明白,是印第安人吗?"

"这可不是印第安人!"亚雷克兴奋地说。

"你们在房间里搭帐篷,还在脸上乱涂乱画……"尤里克很困惑,他不喜欢这种感觉。

"看到这个了吗?"达雷克拿着打蛋器在尤里克的鼻子前晃了晃,"这是我们的空间通信器。"

"用这个跟谁通信呢?"尤里克弱弱地问。

"跟我们的母船。我们是外星人,由于飞行器坏了,我们只好降落在这个叫作地球的星球上,而我们对这个星球一无所知。"亚雷克冒出了这句话,他做出悲惨的表情和夸张的手势。

"哦,你们还有什么不知道的吗?我来告诉你们。我可是班里最聪明的学生。"尤里克得意地挥动着手臂。

两个"外星人"互相眨了眨眼,消失在了帐篷里。他们好像在悄悄说着什么,过了一会儿,他们头顶裹着用于烧烤的那种锡箔纸,从帐篷里走了出来。

"地球人,快点说话。我们的头盔可以把你的智慧传送到太空中。"

水是湿润的。

"那说点什么呢?"尤里克拿来一个垫子并坐在上面。他拿出一包手指饼干,开始吧唧吧唧地吃起来。

"跟我们说说水是什么样的……"

"水是湿润的!"

达雷克咯咯地笑着,但当亚雷克瞪了他一眼后,他就停了下来。

"如果没有水,地球上就不会有生命。"尤里克说,"地球表面的大部分地区是海洋、湖泊和河流。"

"我妈妈以前也这么说过,但宇宙神秘莫测。"亚雷克笑道。

"那你打算喝什么呢?"尤里克变得激动起来。

"我可以喝茶、果汁、可可。"亚雷克列举道。

"那茶不是用水泡的吗?"尤里克反问。

"我是说果汁,它是由水果做成的!"达雷克喊道。

"但是,如果不给果树浇水,它就不会长出果实。"

"不一定要给它们浇水!"达雷克喊着,"根本不需要浇水,下雨,嗯……那么……"他在努力寻找合适的表达,说,"总之可以下雨的!"

"雨水也是水,冰和水蒸气同样是水。"尤里克解释说。

   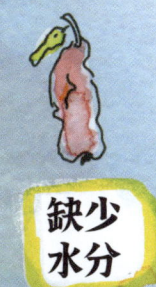

水分充足　缺少水分

"那还可以喝可可。"亚雷克插嘴说，"哈哈！可可是加牛奶的，不需要水！"

"可是，牛奶是奶牛产的。奶牛必须要喝水，还需要吃草，没有水的话，草也就不能生长。"

达雷克看着亚雷克并朝他眨眨眼，然后兄弟俩又躺进了帐篷里。尤里克仍然在啃着他的手指饼干，他对自己的表现非常满意，因为他刚才解释得很好，简单易懂。

"我们已经联系上了母船。"亚雷克摇动着通信器,神秘地说,"我们要向你传达……"

"对了,还有一件事。"尤里克打断亚雷克,"水也是人身体的主要组成部分,我们的身体大约有70%是水。"

兄弟俩目瞪口呆。

"好吧,也可能不是!"亚雷克激动地说,"也许你的身体里有那么多水,但我肯定没有。"

"那你身体里有什么呢?"尤里克客气地反问道。

"我是整个幼儿园里跑得最快的小朋友,因为我全身都是肌肉。哦,我的耳朵也能动,那里也是肌肉……"

"你还有血液。"达雷克插了一句,"还记得你在院子里摔倒那次吗?你的膝盖上现在还留着一个疤呢。"

"是啊,但我的身体里最多的还是肌肉!"

华兹瓦夫的睡衣

"有些鸟儿会在秋天飞走,然后在春天飞回来。"伦卡说,"它们会飞到更适合它们生活的地方。在波兰的冬天,鸟儿找不到足够的食物,因此在波兰的冬天来临之前,它们会飞到温暖的国家过冬。"

"鸟儿还可能会被冻伤。"艾达插了一句。

"不会,不会。"伦卡摇了摇头,"它们有羽毛,所以不会被冻伤。但是,为了使身体保持温度,它们必须比天气不冷的时候吃更多的东西。冬天,湖泊和河流都结冰了,也很少有昆虫出现,它们就找不到食物了。对了……还有一点很重要,在夏天,我们可以摆出盛水的容器让鸟儿喝水。在我家花园,我放置了一个充气盆,里面盛满了水……"伦卡感觉到自己的声音开始颤抖,倒不是因为担心忘记讲什么。

其实这些知识她都已经烂熟于心了,但是以防万一,她还是做了笔记。伦卡之所以做这么多准备,关键在于,安特克将在她之后发言,他的主题是哺乳动物如何过冬。就在昨晚,他们打了个赌,谁的演讲在班上更受欢迎,"卢德克"就归谁。

"卢德克"是一个神奇的东西——一个尺寸不大、形状扭曲的树根,看上去就像个人一样,这是前天他们一起在公园里发现的。

"还有什么需要补充的吗?"老师问。

在波兰,"百灵鸟会在2月飞回来。鹳鸟会在3月飞回来,但有时早在9月初就会飞走。然后到11月,大雁、画眉鸟和白鹤也会飞走。"

突然,伦卡注意到,尤里克不停地打着哈欠,他从开始上课时就一副心不在焉的样子。"一会儿你会大吃一惊的。"伦卡想着,并翻了翻笔记。

"还有其他鸟类会飞走,比如:鸫鸟、云雀、白颊鸟、红尾鸲、朱顶雀、白喉莺、鸻鸟和北欧鸫。"伦卡一口气说了一大串。

"没有这些鸟吧？"孩子们笑了，"都是你瞎编出来的。"

"不，我没有瞎编！"伦卡也笑了，"这些都是真的名字。报告老师，我讲完了。"

"伦卡讲得非常好。现在我们有请安特克。"

"我马上就来。"安特克说，"老师，我必须先出去一小会儿。"

老师点了点头，安特克冲了出去，又马上回到了教室。他穿着宽松的睡衣，戴着一顶带绒球的帽子，胳膊下夹着一个抱枕，一直打着哈欠。

"大家好，我是棕熊华兹瓦夫。"安特克用厚重的声音说，"亲爱的孩子们，现在我来告诉你们，我在冬天是如何睡觉的。"

伦卡佩服地看着安特克——华兹瓦夫，一个多么简单的想法，却又很不寻常，她已经预感"卢德克"将要归谁了。

粉红色的棉花糖很好吃

小姚不喜欢妈妈用严厉的语气说"不可以"。当妈妈说完"不可以",如果小姚不再说话,那就意味着他没有机会了。但是这一次,小姚决定再试一试。

"可以买这些粉红色的棉花糖吗?很好吃的。""不可以。"

"那我们买那个橙子柠檬饮料吧,带气泡的那种?""也不可以。"

"但是其他小朋友都有薯片吃!还有五颜六色的饮料喝!"小姚很不高兴。

"亲爱的,你的这个理由无法说服我。"妈妈一把拉过儿子,让他靠在自己身上,"你知道吗?我们一家人都在努力,坚持吃得更精致,生活得更健康。"

"嗯，我明白了。"小姚慢慢平静下来了。妈妈是对的，她和爸爸确保家里每个人都生活得很健康，特别是小姚和玛雅。在生活中，这意味着孩子们应该有充足的睡眠，吃健康且美味的食物。他们吃很多蔬菜、水果和不同种类的谷物。家里总是有各种水果和坚果——妈妈称它们为"健康小零食"，而不会有"垃圾食品"和外面买来的甜食。玛雅正在烤健康蛋糕，里面放了杏仁、芝麻、蔓越莓和葡萄干。

白鹤吃什么？

它们吃蔓越莓吗？

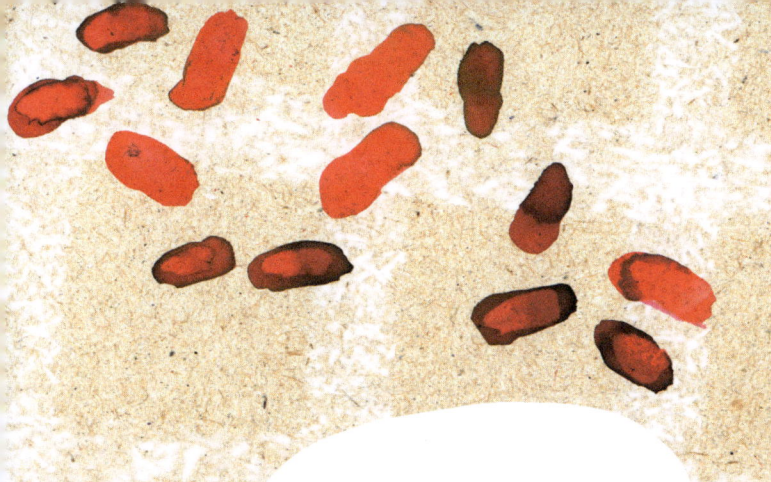

它们看上去不是特别漂亮,但是味道很棒。虽然小姚每顿饭后都会刷牙,但他还是会定期看牙医——艾莉医生。最近,小姚还去看了眼科医生。另外,爸爸的心脏有点问题,他去看了心脏病专家。

你看上去像杏仁!

家里的每个人都会骑自行车，妈妈会游泳和练习普拉提，玛雅跳现代芭蕾舞，而小姚则练习武术。

下周六全班野餐，老师要求每个孩子都带点东西，到时候摆放在公共餐桌上一起分享。

"那我要带点什么东西呢？"

"我们买点花生、水果和果汁，怎么样？"妈妈说。

"哦，也许玛雅会给我烤一些她认为健康的小零食呢？我去问问她。"

"你去帮帮玛雅吧，在这个过程中，你也可以学到点东西。"

"要不我带上这些绿色的洋葱味薯片？你说过的，洋葱是健康食物。"小姚指着店里货架上的零食对妈妈说。

"你要是愿意,可以把我们家里所有的洋葱,还有其他的蔬菜和所有的水果都带上。小姚,我以为你理解我的意思呢……你笑什么?"

"我开个玩笑,你上当啦。"

嗨!不健康的洋葱味薯片!

从蚯蚓到游艇

尤里克想要一个有别墅或者有花园的合伙人,他选中了安特克和伦卡两个人。

由于这件事情极为重要,而且需要保密,所以三个好朋友在学校附近的灌木丛中交谈起来,甚至都可以说是在窃窃私语了。

"我有好点子,我还有一个盒子,你们家有花园。"尤里克小声地说,"要是成功了的话,我们可会发大财。我昨天看了一部电影,它讲的是一对夫妇养殖加州蚯蚓的故事。现在,我们开始……"

"我们要养蚯蚓？我没听错吧？"伦卡问道。

"是的，是的。"尤里克悄悄地说，并往旁边瞥了瞥，看看是否有人在偷听他的绝妙计划，"我们不要说'蚯蚓'，让我们使用代号，比如……"

"香肠。"安特克建议。

"哦，可以。"尤里克非常赞同，一个劲地点头，眼镜都从鼻子上滑了下来，"这件事很简单。'香肠'必须用厨房的剩菜来喂，而且必须加入浸泡过的纸，它吃了之后就会排出生物肥料。注意不能使用报纸，因为报纸上面有油墨。"尤里克的表情好像在说"我真聪明"。

"其他人也这样称呼'香肠'的便便吗？"

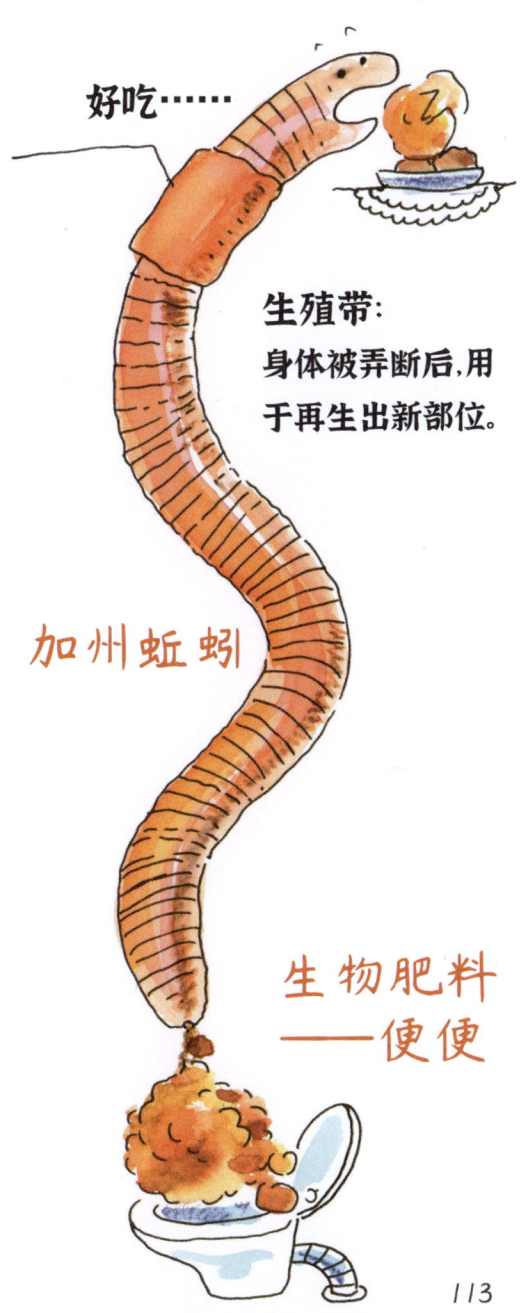

好吃……

生殖带：
身体被弄断后，用于再生出新部位。

加州蚯蚓

生物肥料
——便便

"是的,我们可以出售这种生物肥料。"

"我们这么做是为了什么呢?"伦卡很好奇。

"因为我们要在你的花园里养殖'香肠',而且到了冬天要将它们转移。我说过我有一个盒子,可以用它把'香肠'转移到你们的房间吗?"尤里克说得很快。

"我的房间不是很大。"伦卡若有所思地说,"但是,尤里克,别担心,我会跟爸妈说,让我们在客厅养'香肠'。"

"你在和我开玩笑吗?"尤里克终于听明白了。

"是的。"伦卡抓起了她的书包,说道,"我不玩养蚯蚓的游戏。"

"嘘!"尤里克轻声说,"这件事不要告诉任何人,再见。"

"再见。"伦卡向刚从教学楼出来的艾达跑去。

"你呢?"尤里克转向安特克,像电影里演的一样问道,"你加入吧?"

安特克在想,也许这并不是一个愚蠢的想法,毕竟蚯蚓,或者说"香肠",是松土的"行家"。它们在土壤中挖掘通道,寻找食物,然后空气就能从这些通道进入植物根部。下雨的时候,水也能更好地渗入土壤。

这样一来，植物就能健康生长啦。蚯蚓吃了东西之后，会排泄出生物肥料，这些肥料使土壤变得更加肥沃，植物喜欢这样的土壤。不久之前安特克还不明白这些道理，直到昨天看完一部关于花园里动物的电影才明白。这难道只是一个巧合吗？

"我加入。"他答道，"我家花园有一个别人看不到的地方，但冬天我们不能把蚯蚓搬到屋里，绝对不行。我以前养过蜗牛，它们在整个房间里到处乱爬，我花了足足两天时间才把它们全部收起来。"

花园里的动物

刺猬

蟾蜍

蝙蝠

"我们会有办法的!"尤里克很高兴,"一定要记住,我们谈论的是'香肠'!"

蜗牛,蜗牛……
快伸出你的触角来……

空气无处不在

莱昂内克的生日派对将在今天下午举行。现在,小寿星还在睡觉,妈妈和爸爸在厨房里做好吃的,而安特克和伦卡在吹气球,准备用它们来装饰花园。盒子里有很多长条状的气球,可以随意扭动,编出各种造型。

"吹气球又累又无聊。"安特克喘着气说。

"嗯?"伦卡不同意,"我恨不得马上吹完这些细长的气球。你知道吗,我会用它们来编小猫,也许我可以给莱昂内克编一只。"

"可以啊,编吧。我会编菊花,尽管编好后它看起来更像韭菜。"安特克的情绪平复了一些。

"我有一个打气筒。"伦卡突然想起来了,"我去拿,这样充气更快。"

过了一会儿,伦卡带着打气筒、艾达和3个三明治回来了。原来,她在路上碰到了艾达。

"三明治是你妈妈给的,她说吃饱了才有更多的力气干活。"

"那不是卡罗拉吗?"安特克突然指着右边问道。原来,卡罗拉正跟一个戴着彩色口罩的男孩沿着附近的自行车道骑行呢。

"卡罗拉和胡伯特在一起。"艾达自豪地点点头,"他们是一个班的。"

"那他嘴上戴的是什么呢?"

"那是口罩,用来避免吸入雾霾。"

"胡伯特甚至比卡罗拉更关注环境的变化。"艾达说道,"无论冬天还是夏天,他都只使用环保的交通工具。"

"什么交通工具呢?"

"喏,骑自行车。胡伯特上次骑车来找我们,那天还下着一场可怕的大雨。唉……我没办法帮你们做什么。"艾达叹了口气,"我昨天摔跤了,手臂还很疼。"

"知道了,那你准备做什么呢?"

艾达躺在毯子上,把安特克之前扔在一边的运动衫垫在头下。

工厂排出的废气滚滚而来。

"我看看天空吧,今天的云彩很漂亮。"

"那你看,我们来给气球打气。"伦卡说,"我们的时间不多了。"

"我喜欢云朵。"艾达真心地说,"特别是当风一吹,它们就会发生变化。哦,之前这边是一匹马,现在变成了……"

"像一块比萨。"安特克说。他放下打气筒,探出脑袋来。

"在我上幼儿园的时候,我有一个像这样的白色小枕头,它就是我的云,在我的天空中陪着我玩。"伦卡回忆着。

孩子们拿着穿好细绳的彩色气球往花园里走,他们准备把气球挂在树枝上和灌木丛中。

"真不错。"艾达赞赏地点了点头,"莱昂内克肯定会喜欢的。哦……这味道太香啦,那是什么?"

"我什么也没闻到。"伦卡一次又一次地擤鼻子,解释说,"我流鼻涕了。"

"妈妈烤好了蛋糕。"安特克说,"哦,我看到冒烟了……我想是爸爸在烤肉。"

"这气味真香啊!一定很好吃吧!"艾达不禁舔了舔嘴巴。

动物收容所

"这个活动就是给学龄前儿童安排的。"从他们上车后,巴莎就一直在抱怨。现在,她和班上的其他孩子站在养鸡场的院子里,听着老师讲话。老师要求他们不要走远,不要触摸动物,不要给它们喂食,并且要随时睁大眼睛。既然老师这么说了,就意味着孩子们回学校后要做的作业与这次活动有关。

一会儿大家就要去吃午饭了,之后会参观迷你动物园,然后还要去一个特别的地方,最后是举办篝火晚会,还会烤香肠。如果有意愿,孩子们还可以用黄油搅拌器制作黄油。

"这会很有趣的。"伦卡安慰道,"你就等着看吧。"

"我觉得这会很无聊。"巴莎肯定地说,"我已经长大了,不适合参加这种活动了。"

巴莎吃着午餐,一脸的不愉快。然而,午餐味道相当不错,果酱也非常美味,她还加了两次果酱。

巴莎肚子里塞满了果酱,但仍旧面带愁容,她和其他小朋友一起在迷你动物园里闲逛。这里有四匹小马、两头驴、几只乌龟、几头越南小猪、一匹白棕色骆驼、三只绵羊、一群鸭子、一只公鸡、几只在小路上漫步的孔雀、一只懒洋洋地吃着白菜叶的山羊,以及最吸引观众的兔子围栏。

"动物最喜欢待在自然环境中。"科奇斯突然说,"我爸爸以前说过,即使它们待的笼子再大,也仍然是困在笼子里!"他边说边做着手势,以前很少见他这样。艾达看得出来,他有点激动。

孩子们沉默了一会儿,都在认真思考科奇斯刚才说的话。

好大一只孔雀!

"现在，我们要坐车去我之前跟你们提到过的那个地方。"老师说，"它与这里完全不同。"

"那是哪里呢？"艾达什么都想知道。

"我们要去动物收容所。"

"动物收容所是做什么的？"

"你们等会儿就知道了。"老师神秘地笑了笑。

大约 10 分钟后，孩子们到达了动物收容所。这里看起来像一片大草地，不过用篱笆围起来了。草地深处是一栋木制建筑，马儿在旁边吃草。角落的泥地里躺着一头斑点猪，有一群鹅从它旁边走过。这里还有一些山羊和两只绵羊,狗狗们高兴地跑来跑去,一只虎斑猫懒洋洋地蹲在栅栏上。

"那只狗有一条腿打着石膏。"伦卡注意到了,"就是毛比较多的那只。"

"啊,这匹马看上去已经很老了。"艾达说,"奶奶的邻居家也有一匹这样的老马。"

"这只兔子整个后背涂满了药膏……"巴莎皱起眉头,"它看上去没那么可爱了。"

"有一次你的手肘也涂了药膏,看上去也不好看。"安特克迅速地提醒她。

"因为我在操场上摔破了皮,护士阿姨给我涂上了紫药水……"

"哦,是,是,是。但是,当时并没有人笑话你。可你现在是怎么对待受伤的小兔子的呢?"安特克继续说。

生病的兔子也想变得快乐!

巴莎哼了一声，表示不服气。她心想，怎么会有这么愚蠢的事情——把她的手肘比作兔子的背部。

"我知道这个地方是做什么的。"尤里克突然说，"妈妈以前告诉我，有一次小狗麦克斯走丢了……这里生活着各种各样的动物，生过病的、无家可归的、主人不好好对待的，对它们来说这里是个好地方。"

"你们快看！那只绵羊少了一条腿！但是它跑得很快，而且跳得最高。"格吉笑着说。

"这个地方就是我想让你们看的。"老师说。

"为什么要来这里呢？"巴莎的头摇得像拨浪鼓。

"因为并不是所有的动物都像小兔子那般可爱。"科奇斯确信地说。

艾达佩服地看着科奇斯，认为他说得很有道理。

彩色垃圾桶

包裹过三明治的包装纸、笔记本上撕下来的纸、餐巾纸、瓶子、苹果核、从生菜叶中滑落的番茄片、破鞋带、香蕉皮、纸盒子、果汁吸管、断掉的蜡笔或者削到不能再削的铅笔……孩子们知道，这些东西需要分类，这样一来，垃圾就会减少。与其砍伐新的树木，不如使用回收的纸张；与其生产新的玻璃，不如使用回收的玻璃。

布料

PET塑料瓶

废纸

新纸

回收

我妈妈用废瓶子制作的灯！

循环利用

这些做法都可以保护环境，但其中有一些事情需要记住：瓶子、纸盒和其他包装必须压扁，这样垃圾箱才能装得更多。此外，废纸不能受潮。

学校的每个楼层和体育馆旁边都放置了分类垃圾桶，最近，衣物寄存处旁边也放置了几个。每个垃圾桶的颜色都不一样，并且每个垃圾桶上面都贴了标签。

学校里到处都有类似的垃圾桶。如果孩子们不知道该把垃圾扔到哪里，他们可以随时询问值日的学生。要是教学楼里有人不知道该把瓶盖子扔到哪里，并且尤里克和安特克给出的答案不一样，这时应该去问科奇斯，因为科奇斯知道得最多，他对这些了如指掌。

多么美味的玻璃！

玻璃类

哪只狗狗可以摸

　　一周前,亚雷克和达雷克所在的幼儿园举办了"有趣人士见面会"活动,一名女交警谈到了如何正确过马路。今天,人与动物基金会的沃伊特克先生来到了幼儿园,他又高又瘦,一边讲着自然界中潜在的危险,一边形象地做着各种手势。

"好了,同学们。现在我们来总结一下刚才讲过的内容吧。"沃伊特克先生的声音非常响亮,不需要麦克风,整个教室都能听得见,他说,"谁第一个来?"

"蘑菇"小组的奥拉先举手。

不能吃不干净的水果,也不能吃不认识的水果,只能采认识的蘑菇。

我! 我! 我!

"真棒!"沃伊特克先生称赞道,"我讲了这么多,而这位女同学把这些总结成了一句话。"

"还有,不能喝不干净的水。"奥拉因为得到表扬而感到很开心,她补充说,"而说到森林里的动物,我们在森林里要穿合适的衣服,以防止被蜱虫……呃……"她在想合适的词。

"防止被蜱虫吃。"亚雷克轻声说。

"防止被蜱虫叮咬。"达雷克纠正道。

"另外,不可以靠近森林里的动物,因为它们可能患有狂犬病。当遇到动物的时候,一定不能这样做……"女孩猛烈地挥动双手,夸张地比画着,说道,"这样会吓到它们,这时你应该慢慢地、安静地走开。"

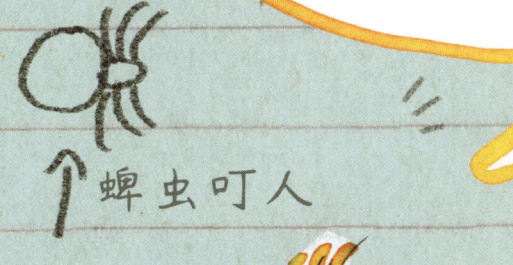
↑ 蜱虫叮人

嘘……
安静……

"太棒了!"沃伊特克先生赠送给奥拉一个彩色的钥匙圈,说道,"你主动举手非常勇敢,回答得也非常精彩,这是给你的奖励。"

奥拉坐回到椅子上。沃伊特克先生回到桌子前,从一个塑料文件袋里拿出了两张大图,其中一张是一只头顶有个蝴蝶结的小狗,另一张是一只吓人的大狗。

"大家想象一下,要是在散步的时候遇到了这些狗狗,你认为哪一只狗狗是可以抚摸的?"

亚雷克笑出声了,他举起了手。

"那请你来回答一下。"

"这个很简单。"亚雷克迅速回答道,"大的狗狗不可以摸。"他感觉自己也会被奖励一个钥匙圈。

"那为什么不可以呢?"沃伊特克先生问道。

"因为它个头大,牙齿也大。"亚雷克边说边数着牙齿。站在一旁的达雷克点着头说:"而这只小狗……"

"很可爱。"有个女孩小声地说。

"它头上还有个蝴蝶结。"另外一个女同学接着说。

"哈哈。"沃伊特克先生慢慢点头,"所以说,我们不能抚摸大狗,是因为它体形大;我们能抚摸小狗,是因为它很可爱。"

"是的。"亚雷克和达雷克齐声回答。

"你们谁有不同的看法吗?"

"我想抚摸那只大狗!"加布里希严肃地看着亚雷克,吹牛似的说道,"我什么都不害怕,有一次我从梯子的最上面跳了下来。"

"我也选择大的!"祖扎喊道,"我叔叔也有一只类似的狗狗,它叫伊雷科。"

"我选择小的!小的狗狗!"

"小的!"

"同学们,这些回答都不对。"沃伊特克先生挥挥手说。

"为什么呢?"亚雷克疑惑地问道,"难道大的可以摸吗?"

"任何一只都不能摸,因为它们都是陌生的动物,我们并不了解它们的性格。"沃伊特克先生解释说,"戴蝴蝶结的狗狗难道就不会咬人吗?你们一定要记住这一点,永远不要去摸陌生的狗狗。如果我们想摸,一定要事先得到狗狗主人的同意。"

达雷克已经坐在椅子上了,亚雷克仍然站着。

"嘿,快坐下吧。"达雷克拉着弟弟的手说,"钥匙圈没戏了。"

天可能变黑

伦卡、安特克、尤里克和科奇斯来到艾达家,他们一起玩着新的棋类游戏。在游戏中,他们需要收集力量卡片、魔法药水或者魔力物品,并与怪物战斗。最后,科奇斯获得了胜利。

"我们可以玩点别的吗?"尤里克有点不开心地说。

"怎么了?是因为不喜欢输吗?"伦卡看着那些红色卡片,不敢相信地笑着说,"这是我第一次看到有人得到这么多的负分!游戏中一共有9张红色卡片,全都在你那边!"她笑得很自然,并没有挖苦的意思。

尤里克做个了深呼吸,他想回答点什么,但就在此时,屋子突然变黑了。

"灯灭了!"卡罗拉在某个角落里喊。

"好的,多谢你告诉我!"艾达道。

"我马上给你们找蜡烛!"艾达的爸爸喊道,"我先给电力公司打电话。"

"这不是很有趣吗?"安特克兴奋地说,并打开了他手机上的手电筒。

"我也不知道。"伦卡站在窗前说,"到处都很黑,可能发生了什么更糟糕的事情。"

光去哪里了?

灯熄灭了。

"厕所里的灯也灭了。"卡罗拉在桌子上放了两个灯笼,蜡烛的火焰微微摇曳,她咯咯笑道,"现在做什么?有谁讲鬼故事吗?"

"现在只剩外面的路灯和汽车灯还亮着。"科奇斯的语气里透着严肃,"一切看起来都不一样,因为那不属于我们。"

"大家想象一下,"尤里克兴奋地喘着气说,"要是一天、两天、一个星期都是黑夜……"

"白天太阳就出来了。"安特克提醒道。

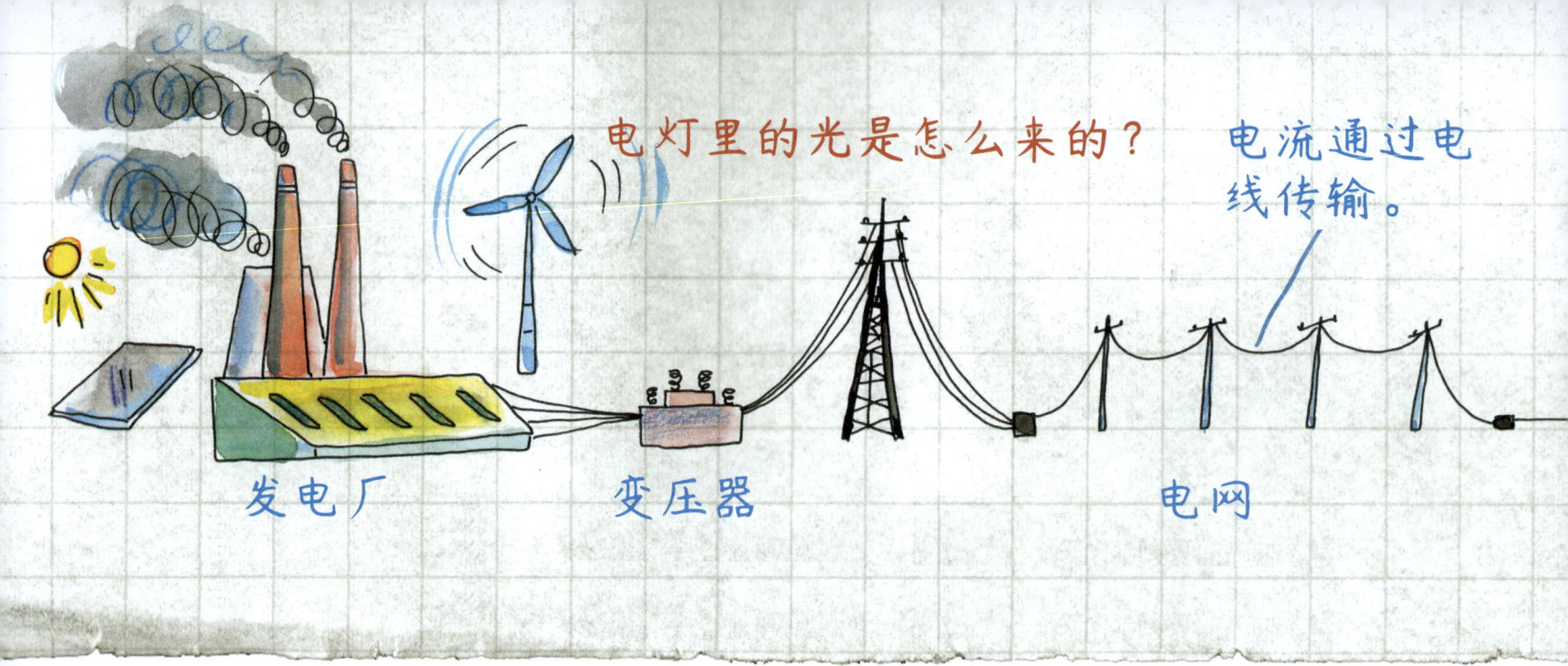

"呃,假如太阳也不亮,一直是黑的,"尤里克接着说,"我们就不用上学了,我们怎么能在黑暗的环境里学习呢?毕竟这不利于眼睛健康。总不能我们每个人的额头上都戴个探照灯吧……"

"我想在完全黑暗的公园里玩耍。"尤里克继续说,"我觉得这一定很有意思。"

灯光

"一点儿也不好，那样多危险！"卡罗拉说，"没有太阳，我们就不能生存。没有太阳的光和温暖，地球上就不会有生命，植物不会生长，动物也没有食物。"卡罗拉坐在桌子边，先是盯着两个灯笼，然后就开始吃起桌上那盘花生米来。

"嘿，卡罗拉，我们又不是在上课。"尤里克反对道。

"别插嘴！"女孩毫不在意他的意见，接着说，"地球在绕着地轴旋转的同时，也在围绕太阳旋转，这就是为什么我们会有白天、夜晚以及一年四季……"

旋转

夜晚　白天

一年四季

春　冬
夏　秋

"好了,别闹了!"艾达和尤里克同时喊道。

出乎意料的是,卡罗拉突然大笑起来:"你的计划,遗漏了多德克和其他小狗,还有那些猫咪。它们头上也要戴着探照灯吗?"

"是的,只是戴小一号的。"科奇斯说。

呜……

布袋和房子

巴莎家的房子在装修，他们一家人搬到了姑姑卡西娅家里。这里离学校不远，而且去上绘画课的路程也比从家里出发近得多。这里还有两只可爱的小猫——费列克和弗拉内克，所以，巴莎对搬到这里感到很满意。此外，巴莎也非常喜欢姑姑卡西娅，她在家中以特立独行而出名。

"嗨，小巴莎！那边怎么还亮着灯？"姑姑卡西娅在厨房里，她朝着从房间走出来的巴莎问。

"嗯，怎么了？"

"把它关掉哦。"

"我一会儿就回来。"

"那等你回来的时候再打开。"

巴莎陷入了沉思。姑姑用水非常节约,她不在浴缸里洗澡,而是快速地淋浴,有时甚至不开灯,只点蜡烛。姑姑说这样既经济又浪漫。

姑姑刷牙时会把水龙头关上，离开房间时也会随手关灯。她不熨烫衣服，而是把衣服整齐地挂在烘干机上。她会将垃圾仔细地分类，即便是很小的垃圾也不例外。姑姑购物时从来不用塑料袋，而是拎着一个五颜六色的布袋。她会将废电池全部收集在一个盒子里，一起送到专门处理废电池的地方去。晚餐时，姑姑能用午饭剩下的肉丸做出一锅美味的番茄肉丸汤，还会在上面撒上香草，这些香草可都是姑姑在厨房的花盆里种的。

"这是要做什么吃的呢？"巴莎爬上了高脚凳子，把胳膊肘放在桌子上，看着姑姑准备的瓶子、水和削了皮的苹果，有点失望地说，"苹果派吗？我不喜欢。"

"这是地地道道的苹果醋。"

"呃,做这个有什么用呢?"巴莎还是不理解,"这是浪费时间,我妈妈都是直接去超市买现成的。"

姑姑笑得前俯后仰,长辫子都翘起来了。

"你喜欢昨天的沙拉吗?"

"嗯,好吃好吃。"

"那是因为我用了这种醋来调味。"

巴莎再次陷入了沉思。在她的家里,爸爸妈妈说没有时间对垃圾进行分类。爸爸会在打开浴缸水龙头后,离开浴室去电脑上查看资料,水不断往下流,有时候下水口都没有塞住。另外,妈妈说她喜欢光亮,所以她总是把家里所有的灯都开着。

"姑姑,你做这些是为了什么呢?"

"你说哪些?"

"这些和保护生态环境有关的事情。"

"你是怎么认为的呢?"

"到处都在谈论环境、生态,好吧,也许在家里没有。在电视上、在学校里、在街上,甚至在最近一次的英语课上,都说到了生态的问题。"

姑姑在巴莎对面坐了下来。

"你们住在我家,是因为……"

"因为我们家正在装修。"

"你知道为什么要装修吗?"

EKO……
生态……

"因为屋顶上有个地方开始漏水了，就在我的房间旁边。要是有雷雨，或者倾盆大雨，家里就有可能被淹掉。"

"那又怎么样呢？"

巴莎暗自笑了笑，姑姑那么聪明，却不明白最简单的事情。

"房子是需要人照看的。"巴莎得意地说，"这显而易见。"

姑姑抚摸着巴莎的头，微笑着说："那么你已经懂得了，我们也需要照顾好地球，因为地球是我们的家。"

"所以你是在做好事,对吗?"

"确实是好事。人类的一些行为对地球造成的伤害已经无法挽回了,而不幸的是,这些事情仍在发生。亚马孙热带雨林是全世界最大的'制氧机',源源不断地为地球输送氧气,人们将它称为地球的'绿色之肺',但现在,那里的树木大量地被人们砍伐或者烧毁。你应该听说过温室效应吧,由于森林被砍伐,地球温度上升,冰川融化……"

"我听说过。"巴莎严肃地点了点头。

"那你一定也听说过,一些工厂随意排污,污染了空气、水和土壤。而如果水被污染了,那么动植物的生长就会受到影响,很多生物就会灭绝。"

"姑姑,那接下来怎么办?"

"我们必须照看好我们的家。"姑姑严肃地说,"竭尽所能,做到最好。"

图书在版编目（CIP）数据

大自然探险家 /（波）贝阿塔·奥斯特洛维茨卡著；
（波）卡塔日娜·科沃捷伊绘；高良译. -- 北京：北京
联合出版公司, 2023.8
（你好！奇妙的科学）
ISBN 978-7-5596-7126-4

Ⅰ.①大… Ⅱ.①贝…②卡…③高… Ⅲ.①儿童故事 - 图画故事 - 波兰 - 现代 Ⅳ.①I513.85

中国国家版本馆CIP数据核字(2023)第123689号

著作权合同登记号 图字：01-2023-3584

Published in its Original Edition with the title Poczytam ci,mamo. Elementarz przyrodniczy, text by Beata Ostrowicka and illustrations by Katarzyna Kołodziej
Text © by Beata Ostrowicka copyright © Wydawnictwo"Nasza Księgarnia", Warszawa 2017 This edition arranged by Himmer Winco © for the Chinese edition: Beijing Standway Books Co.,Ltd

本书中文简体字版由北京 Himmer Winco 文化传媒有限公司独家授予北京斯坦威图书有限责任公司。

你好！奇妙的科学：大自然探险家

项目策划：斯坦威图书
作　　者：[波] 贝阿塔·奥斯特洛维茨卡 著
　　　　　[波] 卡塔日娜·科沃捷伊 绘
　　　　　高良 译
出 品 人：赵红仕
总 策 划：李佳铌
策划编辑：韩依格
责任编辑：夏应鹏
封面设计：高怀新
内文排版：杜帅

北京联合出版公司出版
（北京市西城区德外大街83号楼9层 100088）
河北鹏润印刷有限公司 新华书店经销
字数 50千字 850毫米×1000毫米 1/16 10印张
2023年8月第1版 2023年8月第1次印刷
ISBN 978-7-5596-7126-4
定价：108.00元

版权所有，侵权必究
未经许可，不得以任何方式复制或抄袭本书部分或全部内容
本书若有质量问题，请与本公司图书销售中心联系调换。电话：010-82561773